字從哪裏來

文／徐國能　圖／劉宗慧

商務印書館

文 / 徐國能（2011）　圖 / 劉宗慧（2011）
本版由 ©2017 台北信誼基金出版社授權出版發行

字從哪裏來

作　　者：徐國能
繪　　圖：劉宗慧
責任編輯：鄒淑樺
封面設計：李莫冰
出　　版：商務印書館（香港）有限公司
香港筲箕灣耀興道 3 號東滙廣場 8 樓
http://www.commercialpress.com.hk
發　　行：香港聯合書刊物流有限公司
香港新界大埔汀麗路 36 號中華商務印刷大廈 3 字樓
印　　刷：美雅印刷製本有限公司
九龍觀塘榮業街 6 號海濱工業大廈 4 樓 A
版　　次：2017 年 9 月第 1 版第 1 次印刷

ISBN 978 962 07 5749 5
Printed in Hong Kong

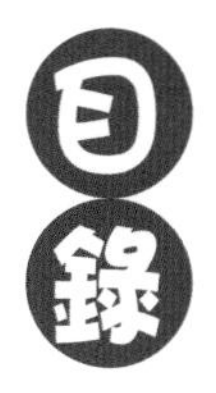
目錄

一、我的名字叫雲

開學的第一天，三年級小朋友都要重新分班，原來二年八班的小雲現在是三年一班了。在新的教室裏，小雲旁邊坐了一位新同學，是一個有圓圓的臉頰、瞇瞇的眼睛、看起來很和氣的男生。

「嗨！」男生說：「妳叫甚麼名字？」

「我叫夏雲，大家都叫我小雲。」小雲說：「那你呢？」

「我叫汪大洪。」男生一面說，一面在白紙上寫下了「汪大洪」三個字。

這時，級任老師安排好最後幾位同學的位子，走到講台上，很親切的說：「各位同學，大家好，歡迎來到三年一班這個大家庭。我是你們的新老師，我叫王美珠，王就是國王的王，美是美麗的美，珠是珍珠的珠。各位同學，請你們上台來對其他同學做自我介紹，並且把名字寫在黑板上，讓大家認識你。」小雲想到要上台說話，開始有點緊張，不過看着同學一一介紹自己，慢慢的，她也不再害怕了。輪到汪大洪時，他在台上大聲的對全班說：

「大家好，我叫汪大洪，就是汪洋一片的『汪』，大洪水的『大洪』，我爸說我出生的時後下大雨，到處都淹水，所以就叫我汪洋一片大洪水，很棒吧！」

美珠老師
夏雲
威強

說完，全班都哈哈大笑了起來。接着，就換小雲上台了。小雲慢慢走上講台，先向大家一鞠躬。「大家好，我叫夏雲，來自二年八班……」

然後，她在黑板上寫下自己的名字「夏雲」。王老師說小雲很有禮貌，字也很漂亮，這讓小雲有點不好意思，不過心裏還是很高興。當全班三十二位同學都做過自我介紹，老師便讓大家投票，選舉各組組長。大家一致通過，選汪大洪當班長，小雲當文書。

不過，自從聽了汪大洪對他名字的說明，小雲心中一直在想，我為甚麼會叫夏雲呢？放學回家後，小雲直奔爸爸的書房。爸爸正專心的看着一本大書。

「嗨！爸爸，你知道我為甚麼叫『雲』嗎？」

爸爸摘下眼鏡，一面揉着眼睛，一面伸了一個大懶腰。

「很有趣的問題喔。不過在回答妳之前，小雲，妳知道除了天上的白雲、烏雲和彩雲，雲還有甚麼意思嗎？」爸爸問小雲。看着小雲一臉迷惑，爸爸繼續問她：「天上的雲不是很漂亮嗎？」

小雲點點頭。爸爸又問：「白雲飄來飄

去，是不是給妳自由自在的感覺？」

小雲又點點頭。爸爸再問：「那麼妳希望自己像雲一樣漂亮和自由自在嗎？」

小雲還是點點頭。「所以啊！」爸爸說：「我和媽媽也是這樣希望，就給妳取名字叫做『雲』啊！」

「那麼是不是所有人的名字都像這樣，有另一個意思呢？」小雲問：「像我的新同學汪大洪，除了洪水，還有甚麼意思呢？」

「這個嘛，」爸爸說：「洪也有『大』的意思，我猜他的爸媽可能希望他做一個偉大的人吧！」

「是真的。」小雲說：「我們今天都選他當班長呢！對了，大家還選我當文書喔！」

「好棒啊！」媽媽走進來親了小雲一下。「不過，不管當甚麼，我們都要熱心的幫助別人，聽老師的話，這樣也一樣可以當一個偉大的人喔！」

200 180 160 140 120 100 80 60
齊人有馮諼者，貧乏不能自
人屬孟嘗君
，願寄食門下。孟嘗君
「客無好也。」曰：「
能也。」孟嘗君笑而受之，曰：「諾。」左右
以君賤之也，食以草具。
居有頃，倚柱彈其劍
，歌曰：「長鋏
歸來乎！

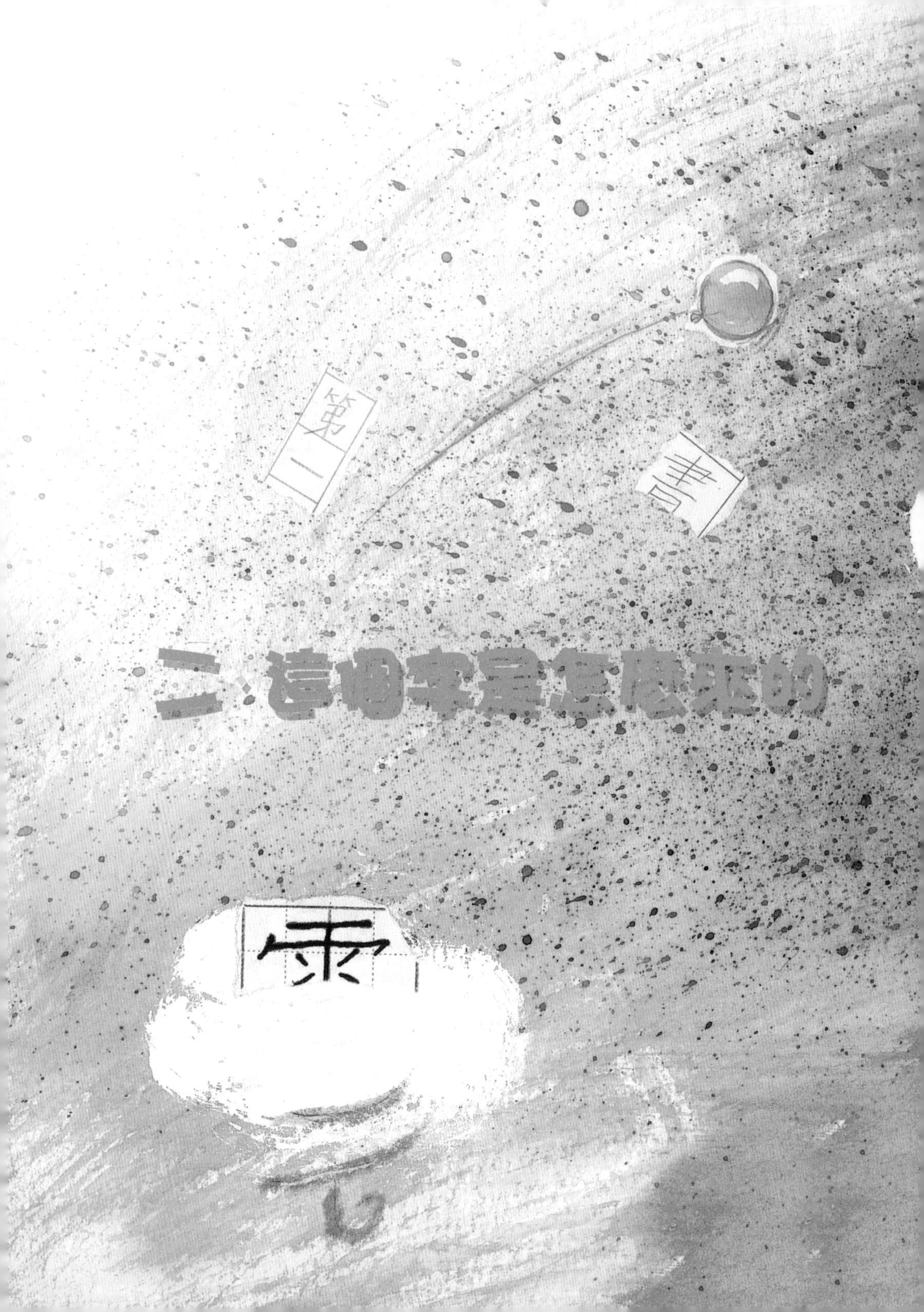
第一
書
二、這個字是怎麼來的

夏
果
球
包

自從知道了「雲」的意思，小雲經常看着天上的雲，想像美麗的、自由自在的感覺。她也注意到班上其他新同學的名字，例如衛生代表周荷潔，小雲覺得她就像荷花一樣脫俗，又像荷葉上的露珠一樣晶瑩，給人一種淡淡的喜悅。還有體育代表陳威強，他黑黑壯壯的，一下課總是抱着躲避球衝向操場，是球場上最威風的人。

不過，小雲還有一個疑惑：為甚麼「雲」字要寫成上面一個「雨」、下面一個「云」呢？

今天的美勞課，老師教大家畫畫。小雲畫了海上的帆船和藍藍的天，又在天上加了幾朵肥肥胖胖的白雲，並用細黑筆勾勒出雲朵的形狀。老師說描繪得很像、很逼真。晚上吃完飯後，小雲將她的「傑作」拿給媽媽看。媽媽說：「妳的雲朵畫得真好。妳知道嗎？這很像妳的名字喔。」小雲很開心，問媽媽：「是美麗與自由自在的樣子嗎？是爸和我說的啦！」

「不只是這樣喔，」媽媽說：「妳看這些卷卷的線，古時候的人造字，他們也是把雲畫成這樣的『[illegible]』。」

「但是，」小雲說：「這些圖畫並不像『雲』這個字啊！」「最早的人畫下了『雲』的圖案，」媽媽說：「但是啊，有些人沒有畫得那麼像，為了避免別人看不懂，老祖先們很聰明，他們慢慢簡化了形狀，拉直了線條，『[illegible]』於是就寫成了『云』的樣子，『云』就是『雲』最早的寫法。」

「那麼，『雲』上面的雨又是怎麼來的呢？」小雲問。

「我們社會發生的事情愈來愈多，要表達的事情也愈來愈複雜，」媽媽說：「『云』漸漸被人拿去表示別的意思。為了怕大家弄混了，於是聰明的老祖先發明了另一個辦法，就是特別在『云』（[illegible]）上面加上一個『雨』字（[illegible]），變成了『雲』，這樣寫字時，意思就不會搞錯

了。」

「我知道了，」小雲說：「因為烏雲滿天就要下雨了嘛！」

「沒錯。」爸爸這時也加入了討論。「而且啊，保留了『云』字，大家就知道這個字該怎麼唸了。所以呢，一個字包括了它的形狀（雨＋云），也包括了它的聲音和它所代表的意思。因此，當我們學習一個新字，一定要知道它的形狀、聲音和意思，這樣才算完整喔！」

开
立
彡
声
耳
日
犬
立
心
日
田
心

「我懂了。」小雲說：「不過好像有點難呢。」

「不會啦！」媽媽說：「妳看，妳不是很自然的就畫出了雲的形狀嗎？」

「我猜最早發明字的人一定是個畫家。」小雲說：「不過我還有個問題，所有的字都是這樣畫出來的嗎？」

「那可不一定！」爸媽齊聲說。「不過今天太晚了，我們明天再來研究那些字是怎麼來的吧！」

三、畫出一個字

小雲最近迷上了畫畫，因為媽媽告訴小雲，很多文字最早就是畫出來的，因此每當小雲看到一個字，就想像它當初是被畫成甚麼樣子。有些字很好畫，比如「日」就畫成一個圓圓的火球『』，「月」就畫成彎彎的上弦月『』。有些字稍微難一點，比如「木」字要畫成一棵沒有葉子的樹『』，「水」字要畫成彎彎曲曲的，再加上一些波紋『』，這可就要一點想像了。還有一些字是相當難畫的，特別是一些動物，如大象的「象」『』，烏龜的「龜」『』，那可不容易啊！

不過仔細畫了這些字，平常在寫它們的

時候，就不會忘記怎麼寫了。

爸爸看到小雲畫了那麼多有趣的圖，找出一本大書來，說古代有一個叫許慎的人，他把這種可以畫出來的文字稱為「象形字」，意思就是照着一個東西的外形畫出它的樣子所形成的文字。小雲很喜歡「象形字」，她畫了「田」、「目」、「牛」、「馬」、「羊」等等。

不過小雲今天遇到一個麻煩。她發現很多東西是沒有形狀的，那要怎麼畫呢？例如「上」、「下」、「中」。小雲將她的困惑告訴爸爸，爸爸笑着說：「妳這個問題很好，世界上本來就可以分成有形、無形的兩個部，比如

看聽摸聞

說狗、貓、花、鳥，我們可以看到、聽到、摸到或是聞到，這些都是有形的，但是像好、壞、對、錯，還有妳說的上、下，這些也都存在啊！但是我們卻看不到、聽不到、摸不到也聞不到，只能用感受或是想像的，這就是無形的部分了。」

看着小雲一臉迷惑，爸爸說：「妳之前畫的那些『字』，我們說叫做甚麼字呢？」

「象形字！」小雲很快的回答。

「對！象形字。」爸爸說：「那麼，我們剛才說有些東西是『無形』的，我們自然沒有辦法畫出他們的『形狀』，對不對？」

「對啊！」小雲說：「那怎麼辦呢？」

爸爸說：「因為這些無形的東西有時候也是很重要的，所以我們得為它們發明出一些字來，這樣才可以很清楚地表達我們的意思。」

「可是，它們的形狀是畫不出來的，這些字要怎麼造出來呢？」

「還記得我們說過的許慎嗎？」爸爸問。

「記得！」

「許慎就發現了除了象形以外，還有其他的一些造字方法，」爸爸說：「叫作：指事、會意、形聲、轉注和假借。」

「聽起來好難喔！」小雲疑惑地說。

「一點也不會。」爸爸說：「像妳說的『上』、『下』，就是『指事』，意思就是用最簡單的符號，表達一種意思。」

「爸爸，」小雲問：「甚麼叫符號啊？」

「我們用一個圖畫來表示某個意思，那個圖畫就是符號。」爸爸一面說，一面拿出一本書放在桌子上。「妳看，當妳畫出一長橫當桌子，一短橫當書。別人就能了解書是在桌子上。而『二』就是古人最早用來表示『上』的符號。」

「妳再看看，如果妳把一條長的橫線當作湖水，把一短橫當成是一條魚，這不就能表達

上
20
下

出魚在水平面以下的意思嗎？」爸爸邊說邊畫了一個『𠄟』。

小雲搶着說：「我知道，那是古人表示『下』的符號！」

「沒錯，」爸爸說：「今天我們看到的『上』、『下』這兩個字中的『一』，就是表示我們的大地，在『一』的上或下加上一直一橫，那就表示在地上或是地下，也就有了『上』、『下』的意思。這就是用一個簡單的符號表達一種意思。」

「嗯，我好像懂了。」小雲開心地說：「指事字和象形字一樣，都是畫出來的，只是……」

「只是它們一個是畫出外在的形狀，一個是畫出它們的意思。」爸爸說。

「就是這樣沒錯。」小雲說：「爸爸，你能教我畫更多的指事字嗎？」

「哦？」

「拜託啦！」

「好吧！」爸爸拿起筆來，畫了一條橫線，又在上面畫了一個太陽『』說：「妳看，這是大地，太陽剛剛升起來是甚麼時候？」

「是早上。」

「對。」爸爸寫了一個「旦」字說：「『旦』

這個字就是一大清早的意思。」

爸爸又畫了兩個「木」字，在上加了一橫『末』變「末」，在下面加了一橫『本』變「本」。「這兩個字一個是指『樹根的地方』，一個是指『樹枝尖尖的地方』，這些都是『指事字』喔。」

小雲也畫了一個「木」字，又在上畫了一個蘋果『果』，並且說：「這就表示水果是長在樹上的。」

「對啦！小雲真聰明。」爸爸說：「『果』字就是這個意思沒錯。」

四、語言的記錄

今天第二節下課的時候，汪大洪沒有像平常一樣，跟着陳威強衝向操場打躲避球，反而從書包裏拿出一本《古生物大觀》，津津有味地讀着。小雲很好奇地問汪大洪：「嘿，這是一本甚麼書啊？」

「這是講很久以前，地球上的各種動物和植物的書！」汪大洪說：「這是我哥哥借我看的，很有意思喔，有三葉蟲和恐龍。」

「可是，」小雲說：「這本書好像沒有注音符號，這樣會不會看不懂啊？」

「是有一點啦！」汪大洪說：「不過沒關係，很多字我可以用猜的。」

「怎麼猜呢？」

「像我現在看的這一段是『侏儸紀的草食恐龍』，『侏儸』我猜就唸成『朱羅』吧！」汪大洪指着一種恐龍說：「像這種龍叫『天府峨嵋龍』，我想牠的唸法應該是『我眉龍』吧！」

「不過，」小雲說：「我們應該查一查字典比較保險喔！」

經過了小雲的一番查證，「侏儸」的讀音的確和「朱羅」是一樣的，指的是距離今天一百四十四到二百零八十萬年的那段時間；但「峨嵋龍」的讀音卻不是「我眉」，而是「峨眉」，指的是中國大陸四川省的一座高山。「侏

儸」、「峨嵋」，它們的讀音為甚麼有這些變化呢？小雲和汪大洪都覺得相當有意思。

晚上，小雲向爸爸提出了這個問題，爸爸很高興地說：「小雲很棒喔，會用字典找到答案，這樣也經常可以發現新問題。」爸爸接着說：「還記得我們說過，一個字包括了：形狀、聲音和意思三個部分嗎？」

「記得啊！」小雲說。

「那妳猜猜看，」爸爸說：「我們人類是先有語言，還是先有文字呢？」

「嗯……我想，應該是先有語言吧！」小雲說。

「為甚麼呢？」

「因為有些東西我知道怎麼說，卻不一定會寫啊！」

「完全正確！」爸爸說：「文字，在以前就是語言的記錄，所以很多字是和它的讀音有關的，這種字啊，許慎先生稱它為『形聲字』。」

「形聲字，好奇怪的東西喔！」小雲說：「是甚麼意思呢？」

「形，就是那個東西的外形。」爸爸說：「聲，就是我們說那個東西的發音。例如，樹枝的『枝』字，是由『木』和『支』兩個字組合而成的，對不對？」

「是啊！」

「『木』代表這個字和樹木有關，是樹木的一部；『支』就代表了這個字的讀音，所以『支』和『枝』的讀音是相同的，意思卻不一樣。」

「原來如此，我想我完全明白了。」小雲說：「那就像是我們在字旁邊加上注音符號一樣。」

「沒錯。」爸爸說：「小雲，妳還能找出其他的形聲字嗎？」

「像『四肢發達』的『肢』應該也是吧！還

有花苞的『苞』，『艹』字頭代表它和花草有關，『包』就是它的讀音了。雙胞胎的『胞』字，字音和『包』、『苞』雖然一樣，但因為部首是『肉』，所以一定和『人體』是有關的。」

「就是這樣沒錯！」爸爸說。

「感覺起來形聲字好像很多，」小雲說：「像『紋』、『媽』、『情』這些也都是形聲字吧？」

「對，形聲字是最多的。」爸爸說：「因為就像我們剛才說的，文字是語言的記錄，形聲字是最容易記錄語言的一種字啊！」

「還有，」爸爸繼續說：「像妳今天遇到

女
人
文
體
青
馬
包
肉

的『侏儸』或是『峨嵋』，也都是形聲字啊。」

「但為甚麼『峨嵋』的『峨』不唸成我，要唸成峨呢？」小雲說：「這個字不是『山』加『我』而成的嗎？『山』是它的意思，『我』是它的讀音。」

「是這樣的，」爸爸說：「形聲字裏，表示聲音的那個部，有時候會和那個字的讀音不太一樣，但一定是有點接近的，像峨跟我也是有一點點相近的。」

「讀快一點好像是有一點像。」小雲試了幾次。

「這樣的情形是因為我們的歷史很長，隨

着不同的時代，一個字的讀音難免有一些改變；或者是因為我們的國土很大，不同地方的語言多多少少也會有一些差別。妳看，『江』和『工』、『河』和『可』、『紙』和『氏』都是這樣的情形。」

「這些問題我要好好想一想，明天才能跟汪大洪説個清楚。」小雲説：「我想『汪』和『洪』應該也是形聲字才對。」

五、會心一笑

星期六，汪大洪邀請小雲到「蒼松空手道館」觀賞一場表演，汪大洪說他哥哥汪大海今天要表演超高難度的「空手擊破木板」。在媽媽的陪伴下，小雲準時九點半就來到了「蒼松空手道館」。裏面穿着白色道服的選手個個精神飽滿，他們腰上綁着不同顏色的布帶，汪大洪說顏色越深，表示越厲害，教練都是黑帶的。

不一會兒，表演開始，上場的選手動作整齊，充滿了力量。汪大洪的哥哥最後上場，他已經六年級了，比汪大洪高壯許多，他連續用手刀劈開幾片木板，贏得了全場的掌聲。

表演結束後，小雲的媽媽請汪氏兄弟一起

吃麥當勞。小雲對空手道很感興趣，汪大洪說他明年也要學空手道，這樣就可以「打遍天下無敵手了」。不過汪大海說他的教練告訴他，練習空手道不是用來打架，而是修身養性，並且挑戰自我體能的極限。小雲問汪大海：「你們的道場中，掛了一個大大的『忍』字，是甚麼意思？」

汪大海說：「據教練的講法，『忍』是心字頭上一把刀，意思就是即使身處在多麼危險的環境下，也要忍耐，要平心靜氣，不可以生氣或是害怕，這是武學的最高境界。」

「那麼你到達這個境界了嗎？」小雲和汪

忍

大洪齊聲問。

「還早呢！」汪大海說。

回家後，小雲興奮地告訴爸爸今天的見聞，講到了「忍」字。

小雲說：「我覺得這個字好像應該是一個形聲字，因為『忍』是由『刃』和『心』所組成的，『心』應該是表示一種感覺，『刃』應該是它的讀音。不過汪大海的講法好像也很有道理。」

「妳說得沒錯，『忍』應該是個形聲字。」爸爸說：「不過有時我們也會根據一個字的組成，加入我們的想像，而給它一個另外的解釋。而且，有一些字的構成，是必須透過我們的想像才能明白它的意思喔！」

「想像？」小雲說：「會不會很難啊？」

「不會的。」爸爸說：「例如，一個『木』是甚麼意思？」

「就是一棵樹啊！」

「那兩個『木』呢？」

「就是兩棵樹啊！」

「三個木呢？」

「就是三棵樹啊！」

「那一座森林有幾棵樹？」

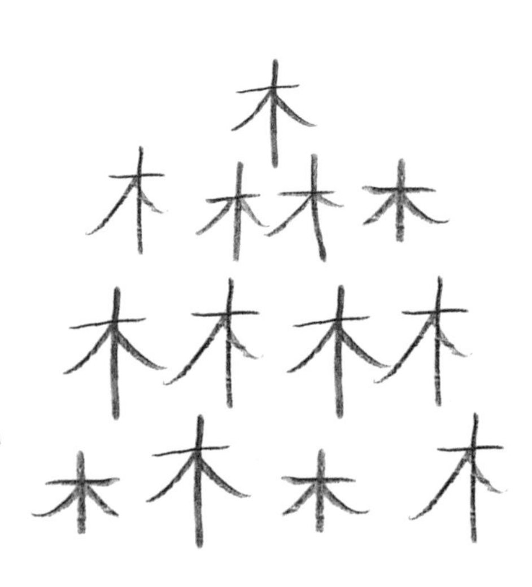

「這太多了吧。」小雲說：「可能有幾萬棵喔！」

「那麼我們要表達森林這個意思時，如果畫上幾萬棵樹，不是要好幾天的工夫嗎？」

「是啊！」小雲問：「那真是不方便。」

「所以，妳看『森林』這兩個字，字形上就是三棵樹和兩棵樹，對不對？」爸爸說：「不過它代表的就是一大片、幾萬棵的樹，這就需要我們的想像力來明白它的意思了。」

「真好玩。」小雲說：「還有其他的例子嗎？」

「像『炎』是兩個火，就是很大的火往上燒

啊！」爸爸說。

「那一定很熱很熱。難怪我們都說炎熱。」

爸爸說：「又像『焚』這個字，就是火燒着許多木材啊！」

「那就是森林大火了。」

「又像『吠』這個字，是『口』加『犬』……」

「我知道了。」小雲說：「就是小狗在叫嘛！」

「對啦！」爸爸說：「又譬如『門』加『馬』這個『闖』字，就像是一匹馬破門衝出的樣子。妳想想看，那是不是力量很大、速度很快，拉都拉不住的感覺？」

火

「難怪我們都說闖紅燈，原來就是不顧一切衝了出去。」小雲說：「那是很危險的。」

「這些字，許慎也給它們取了一個名稱，就叫作『會意字』。」

「甚麼意思呢？」

「就是我們從字的組合中，體會造字人的意思，這樣我們就可以明白這個字所代表的感覺或意思了。」

「有點像猜謎語。」小雲說：「不過我覺得這種字最好玩。」

「不過啊，」爸爸說：「有些字是不能亂會意的。古代有個人叫王安石，他認為大多數

的文字都是會意而來的，所以說『波』這個字是水的皮，『鯢』這個字是魚的小孩。雖然水波是在水的表面，而這種魚我們現在稱為『娃娃魚』，但是這都只能說是一種巧合罷了，而不是會意字。」

「原來如此。」小雲說：「不過你能告訴我，娃娃魚是長甚麼樣子的嗎？」

六．借與還

媽媽常說，全家最亂的地方就是爸爸的書房，裏面堆滿了書本，到處散落着紙張。有一次，小雲從爸爸的書房拿了幾張丟在地上的廢紙畫畫，爸爸回家後氣得跳腳，說那幾張紙上寫了很重要的東西。不過，小雲還是喜歡在爸爸的書房裏玩，和爸爸一起看書。她在那裏有只屬於她的「讀書椅」，其實那只是一張舊沙發而已。今天，小雲坐在讀書椅上看完了成語故事第二輯，而爸爸正聚精會神的看着一本舊舊的書，小雲忍不住問爸爸那是甚麼書。

爸爸說：「這本書，非常有意思喔，叫作《論語》。」

「我看得懂嗎？」

「雖然沒有注音，」爸爸說：「妳應該沒問題的啦！」

小雲靠近一看，書上第一句話寫的是：「學而時習之，不亦說乎。」小雲覺得真怪。「爸爸，甚麼叫『不亦說乎』？」

「這個嘛！」爸爸找出一張紙，寫了「說」和「悦」兩個字：「『說』就是『悦』，就是快樂，『不亦說乎』就是『不也是讓人很快樂嗎』這個意思。」

「那麼書上寫成『說』，是不是寫錯字了？」

「不是的。」爸爸說：「這個情況比較複雜。文字是隨着人類的需要慢慢被創造出來的，不過有的時候，社會、文化發展得很快，造字的速度卻沒那麼快，因此當我們發明了某個新東西，或是有了一個新想法，卻沒有一個字可以使用，那是很糟糕的。」

「對呀！那該怎麼辦呢？」小雲問。

「因此，我們的老祖宗發明了另外兩個方法，一個叫轉注，一個叫假借，特別用來應付一些緊急的狀況。」

「我想這也是許慎說的吧！」小雲說。

「沒錯，就是他。」爸爸一面在白紙上寫

下一個「其」字：「像是這個字，在古代是畫成這樣的『』，妳看像甚麼？」

「像一把鏟子？」

「很接近了，妳把它放大一點，再猜猜看？」

「很難猜啊！」小雲說：「是不是很像我們學校打掃時裝樹葉的那個竹籃子，叫作……笨雞的？」

「哈哈！」爸爸笑了起來：「不是笨雞，是畚箕。沒錯，這個字就是畚箕，妳覺得它是哪一種字呢？」

「既然是用畫的，」小雲說：「一定是象

形字嘛！」

「對，『其』是一個象形字，意思是我們打掃時的畚箕。但是啊，古代在寫作的時候，要指『某個人』或『某件事』時，因為沒有造出新字，就先借用了『其』這個字，寫成『其人』、『其他』，漸漸的，大家都知道『其他』的意思，卻不知道『畚箕』的意思了。」爸爸喝了一口茶繼續説：「因此，古人為了要能區別『其他』和『畚箕』，只好再發明一個新字，對了，你們學校的畚箕是用甚麼做的？」

「應該是竹子吧！」

「所以妳看『箕』這個字，竹字頭代表它

的材質，『其』字代表它的讀音，所以它是一個……」

「形聲字！」

「完全正確。」爸爸說：「不過古人在解釋時，想要提醒大家，『箕』和『其』本來就是同一個字，所以就說：『其者，箕也；箕者，其也』。這就是轉注字。」

「我知道了，一個字的意思先經過轉變，然後造出一個新字……」小雲說。

「這個新字與原來那個字意思相同，可以互相說明對方的意思。注，就是注解、說明，所以叫轉注。」爸爸說。

「真有趣。」小雲說：「還有一個叫甚麼借的呢？」

「假借。」爸爸說：「就是冒牌貨的意思。」

「喔？冒牌貨？」

「對，像古代有一種黃色的小鳥，古人為牠取名字叫『焉』。」爸爸說：「不過，後來古人拿這個字來當放在句尾的語氣詞，例如：『知過能改，善莫大焉』，因此我們不再把焉當成小鳥，只當成語氣詞，所以我們說『焉』這個字就是『假借字』，意思就是我們借來了『焉』這個字的字形和讀音，卻改變了它的意思。」

齊人有馮諼者，貧乏不能自
人
屬孟嘗君
，願寄食門下。孟嘗君
「客無好也。」曰：「
能也。」孟嘗君笑而受之，
「諾。」左右
以君賤之也，食以草具。
居有頃，倚柱彈其劍
，歌曰：「長鋏
歸來乎！

「這麼聽起來，轉注和假借有點像，要怎麼分別呢？」

「最簡單的方法是轉注後來有幫原字造一個新字，因此新舊兩個字可以互相幫忙說明對方的意義；但假借字卻沒有另外造一個新字。」爸爸說：「轉注字有借有還，假借字卻是有借無還。」

「那麼這個『不亦說乎』的『說』字應該是哪一種呢？」小雲問。

「在古代，並沒有『悅』這個字，『說』在讀音上也讀成月，意思也就是高興快樂，而古人不用『說話』這個詞，而是用『曰』或『云』，因此不會搞混。」爸爸說：「不過，後來漸漸有人開始使用『說話』這個詞，因此才又造出了『悅』這個字，用來代表高興快樂，『說』就完全代表我們用嘴巴講話，所以由這個過程來看，『說』應該是……」

「轉注字，因為它有借有還嘛！它用『悅』字還給了『說』字。」小雲說：「但我還是不懂，『學而時習之，不亦說乎』又是甚麼意思？」

「學就是學習新知，習就是溫習已經學過的知識。」爸爸說：「像妳每天溫故而知新，那不也是一種快樂嗎？」

「快樂是很快樂，不過覺得有點累就是

了。」

「哈哈哈。」爸爸笑着說：「辛苦換來的快樂才是真正的快樂，不是嗎？」

「想不到這本書的第一句就那麼難，你還說我一定看得懂。」

「不不不，這本書只有第一句很難，後面都很簡單。」爸爸說：「而且妳看，妳不是已經都明白了嗎？」

作者的話

文/ 徐國能

再也沒有甚麼事情比為孩子寫一本書更快樂了！

「書」應該是人類最古老、最有意義的發明，它可以帶着不會飛的我們升天入地；也可以讓我們跨越時空，與千年前的祖宗對話，或是與千年後的子孫晤談。當我們懂得了「書」的可愛，養成了讀書的興趣，那麼我們就擁有了超越時空的能力，成為一個廣闊而沒有限制的人，我們稱之為：「自由」。我常覺得我的快樂是由「書」所帶來的，也很想把我獲得快樂的這種方法與大家分享，所以我想寫下我淺薄的所知，為孩子的童年也帶來一些快樂。

現在大家追逐的是快速、實用、便捷，遺落的是真、是善、是美。我曾經在一個速食店裏，聽一位來自英國的學生說：「中文字好美」；我原本以為，他們只會覺得中文字「好難」。從此以後，我注視着每一個字，除了關心每一個字要表達的意思，也發現了每一個字都有它獨特的美，一棵樹、一座山、一條河流、一個概念、一種價值，都包含在一個字巧妙的組織中。的確，比起全世界現在通行的各種文字，我們的文字在美感上是獨一無二，是全體人類文化最珍貴的遺產，而我們何其有幸，每天使用着這麼美麗的東西來思想、寫作、閱讀。這就好像用周朝的鼎鼐烹調、拿着宋朝的瓷碗喝湯、用元明的繪畫包裝禮物一樣，我們使用中文的生活是充滿奢侈的美麗啊！

因此這不是一本「教」大家認識中文字的書，而是與大家一同來分享中文字之美的書。我們可以一起來理解這些美麗的字是怎麼來的，優游在它們的孕育、誕生與變化的過程中。這就像觀察一朵花從含苞到盛開，其中充滿的是驚喜與趣味。不過，我終究想寫的是一本「故事」，我希望這本書是一個故事，一個你們都覺得好玩的故事。